Mitterer: Sibirien

Felix Mitterer

Sibirien

Ein Monolog

haymon verlag

Umschlaggestaltung: Heinz Hauser
nach einem Bild von Chryseldis Hofer-Mitterer

CIP-Titelaufnahme der Deutschen Bibliothek

Mitterer, Felix:

Sibirien: ein Monolog / Felix Mitterer. - Innsbruck:
Haymon, 1989

ISBN 3-85218-060-0

Druck und Bindung: Wiener Verlag, Himberg bei Wien

Für Siegmar Bergelt

Dank an Magdalena Stöckler (Pro Senectute Österreich), die als Schwester in einem Pflegeheim gearbeitet hat und Informationen zur Verfügung stellte. Ihr Erfahrungsbericht erschien im Buch »Arbeit mit alten Menschen«, Herausgeber Hilarion Petzold, Pfeiffer Verlag, Wien 1985.

1

(Der alte Mann mit zwei Krücken. Pyjama und Morgenmantel.)

Familie!
Was ist das für eine Familie?
Was ist das für eine Familie, die ein Komplott
gegen mich schmiedet?
Was ist das für eine Familie,
die ein Komplott
gegen ein Familienmitglied schmiedet?

Natürlich!
Natürlich!
Natürlich, Frau Schwiegertochter!
Ich hab mir die Hüfte angeknackst!
Ein klein wenig die Hüfte angeknackst!
Na und?
Ist das ein Grund, mich umzubringen?
Ist das ein Grund, mir den Gnadenschuß zu geben?
Ist das ein Grund,
mir den Gnadenschuß zu geben
wie einem alten Gaul?
Du siehst ja,
ich kann gehen,
ich kann mich bewegen,
ich bin rüstig wie eh und je!

Jetzt übernehm ich auch schon diese Wörter.
Diese abscheulichen Wörter!

Verzeih mir, alter Mann,
daß ich dieses Wort verwende!
Dieses anrüchige Wort!
Rüstig!
Rüste dich! Rüsten. Rüstung.
Der Ritter rüstet sich.
Na gut, das geht ja noch.
Die Herkunft ist ja in Ordnung.
Die Herkunft des Wortes ist ja in Ordnung.
Der Ritter rüstet sich.
Der Ritter rüstet sich mit seiner Rüstung.
Mit seiner Rüstung rüstet er sich zum Kampf.
Für einen ehrenvollen Tod.
Aber nicht in diesem Zusammenhang, bitte!
Nicht im Zusammenhang damit,
daß ein alter Mann
noch ein Bein vor das andere bringt!
Dieser Beigeschmack ist widerwärtig.
Der Beigeschmack des Wortes rüstig
ist einfach widerwärtig!
Ich verbitte mir das!
Auch das Wort agil
verbitte ich mir!
Agil!
Agilität!
Zum Kotzen!
In geistiger Frische!
Zum Kotzen!
Liebe Senioren!
Zum Kotzen!
Diese Lautsprecherdurchsagen
machen mich fertig!
Liebe Senioren, wir beglückwünschen

unseren lieben Heiminsassen XY
zum 86. Geburtstag,
den er in voller geistiger Frische begeht!
Zum Kotzen!

Was verstehst du nicht?
Was verstehst du daran nicht?
Natürlich verstehst du das nicht!
Du verstehst überhaupt nichts!
Ihr versteht alle überhaupt nichts!
Sonst hättet ihr mich nicht hierhergebracht!
Sonst hättet ihr mich nicht deportiert!
Jawohl, deportiert!
Meine zweite Deportation.
Meine zweite Deportation in diesem Leben.
Die erste nach Sibirien!
Als Kriegsgefangener.
Die zweite in dieses Heim!
Auch ein Sibirien!

Was heißt, ich übertreibe?
Sag nicht, daß ich übertreibe!
Du kennst das eine Sibirien nicht,
und das andere auch nicht!
Kalt war es dort, kalt ist es hier!
Dort durfte ich lernen.
Dort durfte ich wenigstens lernen!
Schach und Russisch!
Schach und Russisch!
Schat tebe, drug moj!
Hier darf man nichts lernen.
Absolut nichts!

Hinlegen und sterben!
So lautet der Befehl!

Pflege!
Was für eine Pflege?
Was für eine Pflege denn?
Es gibt doch keine Pflege!
Abfütterung!
Abtopfung!
Abwaschung!
Das ist die Pflege!
Die brauch ich nicht!
Ich brauch sie nicht!
Ich bin am falschen Ort, verstehst du?
Ich brauche diese Pflege nicht!
Ich brauche dieses Sibirien nicht!
Ich kann mich ja bewegen!
Ich kann ja gehen!
Siehst du, wie ich gehe?
Siehst du es?

(Wirft eine Krücke weg.)

Sogar mit einer Krücke!
Siehst du es?
Siehst du, wie ich gehe?
Bald brauch ich überhaupt keine Krücke mehr!
Also brauch ich auch keine Pflege!
Ich kann mich allein anziehen,
ich kann mich allein ausziehen,
ich kann allein essen,
ich kann mich allein waschen,
ich kann allein auf's Klo gehen!

Du hättest keine Mühe mit mir gehabt!
Überhaupt keine Mühe!

(Bückt sich nach der zweiten Krücke.)

Laß mich gefälligst in Ruhe!
Ich kann das allein aufheben!
Ich brauch niemanden dazu!
Das würde dir so passen!

(Hat mit viel Mühe die Krücke aufgehoben.)

Na, also!
Hast du gesehen?
Ich kann es!
Das ist der Beweis!
Genügt dir das?
Nein, es genügt dir nicht!
Soll ich einen Purzelbaum schlagen?
Soll ich an die Decke springen?
Was für Beweise brauchst du noch?

Ich hab mich so gefreut!
Ich hab mich so gefreut!
Endlich aus dem Krankenhaus!
Endlich weg von diesem zugigen Gang!
Ich bin auf einem zugigen Gang gelegen,
du weißt es ja, du hast es ja gesehen!
Ich zahle mein Leben lang Krankenversicherung,
und was passiert?
Ich liege auf einem zugigen Gang!
Zwischen diesen Sportlern!
Zwischen diesen idiotischen Sportlern!
Weißt du, daß sie sich alle die Haxen brechen,
diese Sportler?

Die Sehnen abreißen, die Gelenke auskugeln?
Aber ein alter Mann,
der sich die Hüfte anknackst,
ein klein wenig nur die Hüfte anknackst,
der wird verurteilt,
der wird nach Sibirien geschickt!

Ich hab mich so gefreut!
Endlich wieder daheim!
Endlich wieder in meinem Zimmer!
Endlich wieder bei meinem Hund!
Und was passiert?
Und was passiert?
In einer Nacht- und Nebelaktion,
ich wiederhole,
in einer Nacht- und Nebelaktion
werde ich in dieses Heim deportiert!

Und weil ich mich entrüste,
weil ich mich aufrege,
zurecht aufrege,
drohen sie mir die Psychiatrie an!
Hauen mir zwei Spritzen rein,
daß ich drei Tage ohne Bewußtsein bin!
In Sibirien war ich nie drei Tage ohne Bewußtsein!
Und ich wache auf
und ich wache auf
und liege angeschnallt in einem Bett!
Angeschnallt!
Angeschnallt wie ein verrückter Schwerverbrecher!
Nicht einmal in Sibirien
haben sie mich angeschnallt,

Frau Schwiegertochter!
Nicht einmal in Sibirien!

Aber das ist nicht alles!
Das ist noch lange nicht alles!
Sie degradieren mich zum Kleinkind!
Ich komme drauf, sie haben mir Windeln angelegt!
Ich liege angeschnallt in einem Bett
und trage Windeln!
Kannst du dir das vorstellen?
Nein, das kannst du dir nicht vorstellen!
Es ist dir ja auch egal, nicht?

Ich im ersten Moment vor Wut an die Decke,
natürlich nur symbolisch,
war ja angeschnallt;
aber sofort besinne ich mich,
mahne ich mich zur Vernunft!
Jetzt nur ruhig Blut, alter Mann,
hab ich zu mir gesagt.
Wenn du aufbegehrst, wenn du herumbrüllst,
dann haun sie dir
wieder ein paar Spritzen rein,
und dann gehst du kaputt!
Nicht mit mir!
Hab ich Sibirien überlebt,
werd ich mit dem hier auch noch fertig!
Da müssen sie früher aufstehen!

Entschuldigen Sie, gnädige Frau Oberschwester,
hätten Sie einen Moment Zeit für mich?
Nein, nein, es eilt nicht!
Danke! Danke!

Tut mir leid, daß ich Ihnen
Schwierigkeiten gemacht habe!
Wird nicht mehr vorkommen!
Ich sehe, Sie haben viel Arbeit hier,
und zu wenig Personal,
Sie sind überlastet!
Sie werden mit mir keine Mühe haben!
Ich versprech's Ihnen!
Würden Sie mich bitte losschnallen?
Danke, vielen Dank!
Dürfte ich bitte auf's Klo gehen?
Danke, vielen Dank!
Oh nein, ich schaff es schon!
Nur die Krücken.
Das Krankenhaus hat mir Krücken mitgegeben.
Danke, vielen Dank!
Würden Sie sich bitte erkundigen,
wo sich mein Sparbuch befindet,
Frau Oberschwester?
Ich möchte Ihnen so gerne
eine kleine Spende überreichen,
zu Ihrer freien Verfügung,
für karitative Zwecke,
für die Kaffeekasse,
für die Betriebsausflugskasse
oder für welche Kasse auch immer!

Was?

Ja, natürlich!
Natürlich hab ich mein Sparbuch
ins Krankenhaus mitgenommen,
was glaubst denn du?

Es war in der Innentasche meines Rocks,
wie immer!
Ein alter Mann braucht Geld, liebe Frau,
das ist eine Überlebensfrage!
Ohne Geld krepiert man!
Nichts ist umsonst,
absolut nichts!
Habt ihr vielleicht schon
nach dem Sparbuch gesucht?
Was?

Nicht?
Ach, nicht?
Würde mich wundern!
Hätte euch aber nichts genützt!
Das geht nur mit Losungswort!
Kennt ihr das Losungswort?
Nein, ihr kennt es nicht!
Ich übrigens auch nicht!
Ich hab's vergessen.

Ja, ich hab's vergessen.
Leider.
Leider Gottes!
Sowas kommt ja vor, nicht?
Selbst bei trainierten Sportlergehirnen
kommt das vor, nicht?
Ja, und so lädt mich die Frau Oberschwester
immer wieder in die Teeküche ein,
in dieses geheiligte Refugium des Personals,
Eintritt für Patienten strengstens untersagt;
natürlich geschieht das nur,
wenn die Kolleginnen nicht das sind;

ich bekomme Bohnenkaffee serviert
und ein Gläschen Branntwein
und eine gute Zigarette,
und wir rätseln.
Ist es ein Name,
ist es eine Sache,
ist es ein Wochentag?
Sie ist wirklich rührend um mich bemüht,
die Frau Oberschwester!
Niemand sonst weiß davon.
Es ist unser Geheimnis.
Geheimisse verbinden.

Was?

Natürlich will sie mich ausnehmen!
Weiß ich ja!
Bin doch nicht blöd!
Dieses kleine Büchlein, Frau Schwiegertochter,
dieses kleine Büchlein
ist meine Lebensversicherung!
Und solange mir das Losungswort nicht einfällt,
eine Gratislebensversicherung!
Verstehst du?
Übrigens,
ich wollte euch das Sparbuch schenken.

Ja, ich wollte es euch schenken!
Sozusagen als Einstandsgeschenk.
Im Krankenhaus,
auf diesem zugigen Gang,
unter all diesen Sportlern,
da hab ich mir gedacht:

Alter Mann,
wenn du in den Familienverband zurückkehrst,
dann wirst du deinem Sohn
und deiner Schwiegertochter
ein Einstandsgeschenk machen.
Sie können das Geld bestimmt brauchen.
Du brauchst es nicht.
Du willst dir nichts mehr kaufen.
Was soll ich mir kaufen?
Es gibt nichts, wonach es mich verlangen würde.
Absolut nichts!
All die glitzernden Dinge,
ich brauch sie nicht.
Das ist angenehm.
Ja, so war mein Gedankengang.

Dann diese Nacht- und Nebelaktion!
Der Familienverband
hat mich nicht mehr aufgenommen.
Der Familienverband wollte mich nicht mehr
in die Familie einbinden.
Und so habt ihr
das schöne Geld verloren!
Aber nicht nur das,
nicht nur das Sparbuch,
wo ganz ein schöner Batzen drauf ist, nein,
auch meine Pension habt ihr verloren.
Meine Pension, die ich euch zum Großteil
zur Verfügung gestellt habe,
wenn du dich erinnerst.
Für Kost und Logis.
Für mich und meinen Hund.
Nicht wahr?

Ich hab ja nichts gratis von euch verlangt.
Ich hab ja für alles bezahlt!
Jetzt kassiert das Heim meine Pension.
Bis auf den letzten Groschen.
War das klug von euch?
War das klug vom Familienverband?
Antworte mir!
Du willst mir nicht antworten?
Auch gut.
Keine Antwort ist auch eine Antwort!
Ist mein Zimmer schon belegt?

Natürlich!
Ich hab's gewußt!
Das war wohl der Hauptgrund
für meine Deportation, nicht?
Jetzt haben beide ein eigenes Zimmer.
Das Alter muß der Jugend weichen.
Wir waren zu fünft in einem Zimmer,
Frau Schwiegertochter!
Zu fünft!
Aber da gab's noch keinen Kassettenrekorder!
Da wurde noch nicht gestritten,
wer wann welche Musik hören will!
Musik!
Ich würde das gar nicht als Musik bezeichnen!
Ein Terror ist das!
Akustischer Terror!
Sie haben mich terrorisiert, deine Kinder!
Ständig dieses Wahnsinnsgedudel
durch die ganze Wohnung!
Mein Hund hat gelitten darunter!
Wirklich gelitten!

Winselnd hat er sich unter's Bett verkrochen!
Was ist das für eine Musik, bitte?
Schläge in's Gehirn,
Schläge in's Gehirn sind das!
In meiner Wohnung!
In meiner eigenen Wohnung!
Das ist meine Wohnung,
erinnere dich!
Diese Wohnung habe ich bezahlt!
Ein Leben lang hab ich dafür gearbeitet!
Und was passiert?
Und was passiert?
Man vertreibt mich
aus meiner eigenen Wohnung!
Das ist ja ungeheuerlich!
Ungeheuerlich ist das!
Da muß es doch Konsequenzen geben!
Meinst du nicht?

Was?
Da dreh ich doch den Spieß um!
Natürlich!
Ich dreh den Spieß um!
Ich laß euch kündigen!
Ich laß euch delogieren!
Zwangsräumung!
Zwangsräumung, verstehst du?
Dann steht ihr auf der Straße!
Dann seid ihr obdachlos!
Dann könnt ihr
in ein Obdachlosenheim übersiedeln!
Dann seid ihr auch Heiminsassen!
Entweder ihr holt mich da wieder raus

oder ich beantrage eine Zwangsräumung!
Ist das klar?

Ja, geh nur!
Sag es ihm!
Sag es meinem Sohn!
Zwangsräumung!

2

(Der alte Mann im Gehgerüst. Pyjama.)

Da drüben baun sie ein neues Hochaus.
Es wächst von Tag zu Tag höher.
Alles aus Glas und Stahl und Fertigbeton.
Manchmal schaukeln die Kräne im Wind.

Wie geht's meinem Hund?
Ist er gesund?
Sag schon, wie geht's ihm?

Ja, alt ist er.
Wie ich.
Wir sind beide alt.
Aber es geht ihm gut, oder?

Das will ich hoffen!
Daß mir der Hund viel lieber ist,
sagst du, oh Mensch, wär Sünde.
Der Hund bleibt mit im Sturme treu,
der Mensch nicht mal im Winde.
Gebt ihr ihm schon ordentlich zu essen?

Das will ich hoffen!
Und genug Wasser!
Wasser ist wichtig!
Durchspülung.
Durchspülung der Gefäße.
Der Verkalkung Einhalt gebieten.

Der Austrocknung.
Ich hab euch Geld überwiesen.
Kostgeld für den Hund.

(Zieht ein Foto des Hundes hervor.)

Er ist ein kluger Bursche.
Das wißt ihr gar nicht.
Ihr habt kein Verständnis für Tiere.
Außer für die stinkenden Meerschweinchen
der Kinder.
Ich würde ihn so gern sehen.
Am Fußende meines Bettes
hat er immer geschlafen.
Gegen deinen Willen.
Wie eine Wärmflasche.
Gott verzeih mir, aber dieser Hund
war mir nach meiner Frau das Wichtigste.
Wirklich das Wichtigste.
Die absolute Liebe.
Das absolute Vertrauen.
Die absolute Treue.
Bedingungslos.
Das gibt es doch alles nicht beim Menschen.
Verstehst du das?
Nein, das verstehtst du nicht.
Sein Blick.
Dieser Blick.
Den seh ich jetzt nicht mehr.
Und hör nicht mehr sein wohliges Brummen,
wenn er sich zusammenrollt
zu meinen Füßen.
Ich werd ihm fehlen.
Ganz bestimmt fehl ich ihm furchtbar.

Ich weiß es.
Hab ich recht?
Ich hab dich gefragt, ob ich recht hab!

Ich wußte es.
Er fehlt mir auch.
Warum kann man sein Haustier nicht mitnehmen,
in so ein Heim?
Ich würde mich ja um ihn kümmern.
Gern, liebend gern!
Ich hätte was zu tun.
Ich hätte eine Aufgabe.
Ich hab ihm so leid getan,
wie ich unten an der Treppe gelegen bin.
Gewinselt hat er,
mein Gesicht abgeleckt hat er,
angestoßen hat er mich,
daß ich wieder aufstehen soll.
Und dann wollte er mir nachspringen,
in den Ambulanzwagen.
Du hast ihn zurückgerissen
und die Tür wurde zugeschlagen
und der Wagen fuhr los
und lange noch
hab ich sein verzweifeltes Winseln gehört.
Noch jetzt hab ich es im Ohr.
Was tut er?
Sag mir, was tut er?

Was heißt, nichts?
Was heißt, nichts?
Wie verhält er sich, wo hält er sich auf,
in meinem Zimmer wohl nicht mehr, oder?

Nein! Na, also!
Und warum nicht,
wenn ich die rein rethorische Frage
stellen darf?

Natürlich!
Schon kapiert!
So hab ich's mir vorgestellt.
Das ist jetzt Angelikas Zimmer.
Da darf er nicht hinein.

Natürlich, die Haare.
Ein Jungmädchenzimmer mit Hundehaaren!
Nicht auszudenken!
Katastrophal!
Und wo hält er sich dann auf?
Wo er sich aufhält,
frage ich!

Am Gang.
So hab ich's mir gedacht.
Am Gang.
Am Gang vor meiner Zimmertür!
Am Gang vor meiner Zimmertür, nicht?
Da liegt er und wartet.
Daß ich komme.
Wenn ein Schlüssel in der Wohnungstür
umgedreht wird,
rennt er hin und schaut,
ob ich es bin.
Nicht wahr?
Nicht wahr?
Ich weiß alles.

Ich weiß alles.
Ich würde es auch so machen.

(Steckt das Foto ein.)

Hör zu!
Das Losungswort,
das Losungswort zu meinem Sparbuch,
es ist mir eingefallen.
Es mußte mir einfallen!
Sie haben mich ins Bett gezwungen!
Ich bin hingefallen.
Ein einziges Mal!
Ein einziges Mal bin ich hingefallen!
Leichte Prellung!
Nicht der Rede Wert!
Trotzdem!
Ohne Gnade!
Ab ins Bett!
Und ich weiß,
sobald ich liege,
ist es aus mit mir!
Wie bei den anderen!
Ich seh's ja!
Und noch will ich nicht,
daß es aus ist mit mir!
Noch nicht!
Und so hab ich um dieses Ding hier gebeten.
Um dieses Gehgerüst.
Um diesen Gehbehelf.
Damit gehe ich.
Damit trainiere ich.
Zuerst wollten sie nicht.
Das ist nicht zu verantworten!

Einfach nicht zu verantworten!
Da hab ich sie bestochen!
Alle!
Von der Oberschwester abwärts!
Mit Ausnahme der Philippinin,
um gerecht zu sein.
Die Asiaten ehren das Alter!

Womit?
Ja, womit wohl?
Mit dem Inhalt meines Sparbuchs, natürlich!
Ich hab der Oberschwester
das Losungswort verraten!
Frau Oberschwester,
eine Eingebung, eine Eingebung,
das Losungswort ist mir eingefallen!
Was für eine Freude!
Was für eine Freude!
Endlich!
Sie hatte schon leicht resigniert.
Hatte natürlich auch einen leisen Verdacht.
Die ist ja auch nicht blöd.
Sie hat mich unter Druck gesetzt.
Natürlich nicht offen.
Aber man merkt es an der Behandlung,
am Umgang,
am Umgangston.
Was für eine Freude!
Ein sonniges Strahlen in ihrem Gesicht!
Sofort lief sie zur Bank und holte Geld.
Ein saftiger Anteil ging natürlich an sie.
Ich mußte sie freilich erst überreden.
Bitte, Frau Oberschwester, ich bitte Sie!

Für die Kaffeekasse,
für die Betriebsausflugskasse,
für karitative Zwecke,
für was Sie wollen!

Hör zu!
Das mit der Zwangsräumung,
das hab ich nicht so gemeint!
Ich bin ein Choleriker, du kennst mich!
Ich nehme das vollinhaltlich zurück!
Ich entschuldige mich
in aller Form!
Ich weiß, ich war ein lästiger Patron!
Nächtelang unterwegs,
in meinem Zimmer auf und ab.
Hab herumgeräumt, herumrumort,
Selbstgespräche geführt,
mit meinem Hund diskutiert
über Gott und die Welt.
Das ist lästig, ich weiß.
Ihr habt mich oft genug ermahnt.
Und manchmal war ich auch unleidlich,
ich gestehe es.
Ich hab dich kritisiert.
Ich hab deine Erziehungsmethoden kritisiert.
Ich hätte mich da nicht
einmischen sollen, ich weiß.
Ich gestehe alles
und entschuldige mich in aller Form!
Nimmst du meine Entschuldigung an?

Gut. Gut.
Ein Vorschlag zur Güte.

Ihr nehmt mich wieder auf,
ihr nehmt mich wieder auf in meine Wohnung,
und ihr bekommt mein Sparbuch.
Ist noch genug drauf.
Kann man sich viel kaufen.
Selbstverständlich bekommt ihr auch wieder
meine Pension!
Und ich verspreche euch hoch und heilig,
ein braver, ruhiger, unauffälliger
Senior zu sein!
Ich werde Rücksicht auf die Kinder nehmen
und Rücksicht auf euch!
Ich werde den Kindern
ein freundlicher, netter Großvater sein,
der jede idiotische Frisur entzückend findet,
und jede idiotische Kleidermode auch,
und das Musikgedudel auch,
schließlich waren wir alle einmal jung,
vergiß das nicht, alter Mann;
also sozusagen das absolute
Verständnis meinerseits;
ebenso betreffend natürlich
die eheliche Gemeinschaft
zwischen dir und meinem Sohn;
da wird es keine Einmischung mehr geben,
keine Ratschläge,
Ermahnungen sowieso nicht;
ich werde die Zurückhaltung in Person sein,
geradezu unsichtbar!

Sollte mein Sohn mich wieder einmal einladen,
im Fernsehen mit ihm
ein Fußballspiel anzuschauen,

so werde ich nicht
desinteressiert und ignorant ablehnen,
sondern mit höchster Anteilnahme
vor dem Kasten sitzen
und gestikulieren und mit ihm brüllen
für seine Mannschaft,
für diese wunderbaren, sportlichen, jungen
Kämpfer!

Und was deine mir bekannten
Aversionen anbetrifft,
ich bitte,
mir die mir unbekannten mitzuteilen,
so werde ich natürlich alles essen,
was auf den Tisch kommt,
ohne zu murren,
ohne auf die Kochkünste meiner Frau
demonstrativ hinzuweisen;
jede neumodische Speise werde ich mit Genuß
in mich hineinmampfen,
sei es etwas
Chinesisches, Malayisches, Marokkanisches,
ganz egal;
ich werde dich auch nicht
mit meiner Anwesenheit im Wohnzimmer
belästigen,
vor allem nicht die sich dort befindenden
Sofapölster
verrücken und zerquetschen;
ich werde meinem Hund
ständigen und immerwährenden Zimmerarrest
verordnen,
sowie auch mir;

ich werde jedes einzelne
seiner ausgefallenen Haare
höchstpersönlich zum Müllkübel transportieren,
ich werde mein Zimmer dreimal am Tag lüften,
damit man
den Gestank des Alters
nicht mehr riecht,
und ich werde auch jeden dritten Tag baden,
nicht jeden Tag,
wegen der Warmwasserkosten,
aber jeden dritten Tag,
und zwar allein und selbständig,
so daß du nicht
den Anblick meines alten Körpers
ertragen mußt!
Ist das ein Vorschlag?
Könntet ihr dahingehend
im Familienverband eine Beratung abhalten?

Ah, ihr habt schon beraten?
Mit negativem Ergebnis,
wie ich deinem Gesichtsausdruck entnehme.
Ich ersuche,
nochmals eine Beratung anzusetzen!
Unter den vorliegenden Auspizien!

Was heißt,
das hat keinen Sinn?
Ich sagte doch,
ich werde ein absolut braver, folgsamer,
alter Mann sein!
Oder hast du mir nicht zugehört?
Oder rede ich gegen eine Wand?

Wo ist mein Sohn?
Wo ist mein Sohn?
Warum kommt er nicht?
Warum besucht er mich nicht?
Warum schickt er dich vor?
Hat er Angst vor mir?
Hat er ein schlechtes Gewissen?

So?
Böse wegen der angedrohten Zwangsräumung?
Ich hab's zurückgenommen!
Ich hab's zurückgenommen, sag ihm das!
Ich bin ein verzweifelter Mensch,
ich bitte um Verständnis,
sag ihm das!
Er soll gefälligst hier erscheinen,
sag ihm das!

Was heißt, er hat viel zu tun?
Er muß doch zehn Minuten Zeit finden,
seinen Vater zu besuchen!
Ich hab ihn gezeugt!
Ich hab ihn geschaffen!
Ich hab ihn aufgezogen!
Bin ich ein Verbrecher?
Hab ich die Pest?

Was denn schon wieder?
Was macht er denn schon wieder?

Buchhaltung!
Wieso macht er am Wochenende Buchhaltung?
Für wen denn?

Aber wozu denn?
Was halst er sich denn schon wieder auf?
Wieso schuftet er am Wochenende?
Er muß doch am Wochenende
nicht auch noch schuften!
Ihr habt doch alles!
Ihr habt eine Wohnung,
ihr habt zu essen,
ihr habt was anzuziehen!
Was wollt ihr denn noch?

Neue Möbel! Neue Möbel!
Warum denn neue Möbel? Sind die alten kaputt?

Ja und, sind sie alt!
Meine Möbel sind das!
Gute Möbel sind das!
Aus massivem Holz!
Wo gibt es noch Möbel aus massivem Holz?
Spanplatten!
Preßspanplatten!
Plastik!
Alles Schrott!
Plunder!
Schund!
Zuerst reißt ihr die schöne, alte Küche raus,
dann das Schlafzimmer,
und jetzt auch noch den Rest!
Das ist doch hinausgeschmissenes Geld!
Und dafür schuftet er, der Trottel!

Was heißt dunkel, was heißt, die anderen?
Was heißt dunkel?

Wollt ihr einen Operationssaal oder was?
Schmeißt diese Scheiß-Prospekte weg,
die jeden Tag den Postkasten verstopfen!
Und die Nachbarn, die Kollegen, die anderen,
die können euch doch egal sein!
Man muß doch nicht alles haben,
was die anderen haben!
Wehe, ihr schmeißt meine alten Möbel
auf den Müll!
Wehe!
Mein Zimmer!
Das habt ihr auch schon ausgeräumt, stimmt's?

Natürlich!
Hab ich's mir doch gedacht!

Natürlich!
Ein junges Mädchen in einem Altmännerzimmer,
unmöglich!
Alle Spuren beseitigt, was?
Alle Spuren meiner Anwesenheit beseitigt!

Was für Versprechungen?

Ja, du hast recht.
Ich red euch schon wieder drein.
Ich kann's nicht lassen!
Tut mir leid!

Ja, ich weiß, was ich alles versprochen hab!
Es geht mit mir durch!
Ich bin ein alter Mann,
hab doch Verständnis!

Das geht nicht so schnell!
Ich bin ein Choleriker, du kennst mich!
Ich versteh nur nicht, warum er sich abplagt,
für nichts!
Er verdient doch nicht schlecht!
Und du arbeitest ja auch halbtags.
Da müßt ihr doch auskommen,
ohne Überstunden, ohne Wochenendarbeit!

Urlaub!
Ihr mit eurem Urlaub!
Ich bin nie weggefahren.
Außer im Krieg.
Gezwungenermaßen!
Ist doch bei uns auch schön!

Ja, glaubst du, in Jesolo siehst du
andere Gesichter?
Urlaub!
So ein Quatsch!
Eine neumodische Erfindung ist das!
Geht in den Wald!
Oder zum Flußufer!
Da ist es viel ruhiger als in Jesolo!
Und im Verkehrsstau
bleibt man auch nicht stecken!

Ja, ich geb dir schon wieder Ratschläge,
ich kann's nicht lassen.
Ich geb's zu.
Hat wohl keinen Sinn.
Ich kenn mich ja.
Ich bin ein Starrkopf geworden.

Ein intoleranter Starrkopf.
Vom Altersstarrsinn befallen.
Wie alle hier.
Es ist erschreckend.
Lauter Spiegelbilder.
Jeder spiegelt sich in den anderen.
Und niemand erkennt sich.
Das ist das Schlimmste.

Nur alte Menschen.
Nur alte Menschen.
Ein Getto.
Das kann nicht gutgehen.
Auch wenn ich mich manchmal geärgert hab,
über die Kinder, über euch beide,
ihr seid sehr wichtig für mich gewesen.
Junge Leute.
Junge Menschen.
Ich hab immer gern junge Leute
um mich gehabt.
Hier sind nur alte Leute.

Ihr sollt das Sparbuch haben.
Ich geb es euch.
Ohne Bedingungen.
Ohne Vorbehalte.
Nur eine Bitte:
behandelt meinen Hund gut.
Auch er verdient ein Gnadenbrot.
Geht mit ihm spazieren.
Wenigstens hin und wieder.
Schickt die Kinder mit ihm zum Flußufer.
Wenigstens hin und wieder.

Sie sollen sich dabei abwechseln.
Bezahlt sie dafür.
Mein Hund liebt das Flußufer, weißt du.
Wir sind oft da entlanggelaufen.
In der grünen Au.

Nein!
Bring ihn nicht mit!
Dann weiß er ja, wo ich bin!
Dann läuft er euch ständig davon!
Er würde um's Haus streichen
und winseln
und nach mir Ausschau halten.
Und sie würden ihn nicht hereinlassen.
Ich könnte das nicht ertragen.

Komm mit, ich geb dir das Sparbuch.
Ich hab's in der Besenkammer versteckt.
Das Losungswort ist der Name meines Hundes,
was sonst?

3

(Der alte Mann sitzt mit baumelnden Füßen auf dem Bett. Pyjamahose und Krankenhausnachthemd.)

Wer ist das?
Mein Sohn ist das.
Grüß Gott!
Ich darf querbett sitzen.
Querbett nennen sie das.
Sie wollten mich zwingen, liegen zu bleiben.
Aber ich hab mit dem Arzt gesprochen,
bei der Visite.
Die anderen, die traun sich ja nichts zu sagen,
weil sie Angst haben,
vor dem Personal.
Liegen wie tot in ihren Betten.
Blütenweiß überzogen und glattgestrichen.
Natürlich nur einmal in der Woche,
bei der Chefvisite.
Blütenweiß überzogen und glattgestrichen.
Alle wie tot.
Sauber gewaschen und gestriegelt.
Keiner rührt sich.
Wie beim Militär.
Habtachtliegen.
Wie geht's uns denn? Gibt's was?
Nein, alles wunderbar, alles wunderbar,
wir danken Gott und dem Staat
und der ganzen menschlichen Gemeinschaft
und überhaupt allen,

daß wir es so gut haben!
Weg ist er!
Nicht einmal die Türklinke
muß er in die Hand nehmen,
grad, daß kein roter Teppich
für ihn ausgelegt wird!

Wenn er nur eine Bettdecke heben würde!
Eine einzige Bettdecke!
Da würde er Augen machen!
Faule, schwarze, stinkende Geschwüre!
Am Rücken, am Hintern, an den Beinen!
Vom Insbettzwingen!
Vom Liegen!
Vom langen Liegen!
Von mangelnder Pflege!
Nur Paste drauf!
Aus einem großen Topf Paste drauf!
Alle mit derselben Spachtel!
Ich hab auch schon eins.
So ein Geschwür.
Das ist die Pest!
Glaub mir, das ist die Pest!

Aber ich laß mich nicht unterkriegen!
Noch nicht!
Ich hab nicht gesagt,
alles wunderbar!
Ich verlange,
daß ich wenigstens querbett sitzen darf,
hab ich gesagt.
Natürlich nicht in diesem Ton,
bin ja nicht blöd!

Ich hab mich natürlich beherrscht!
Ich hab mich ja auch in Sibirien beherrscht!
Nur mit Beherrschung überlebt man
solche Anstalten!

Bitte, ich war ja ein Feind.
Ein Feind,
der ins Land eingefallen ist.
Dafür haben sie mich eigentlich
recht gut behandelt.
Besser als hier.
Doch, besser als hier!
Erstaunlich, nicht?
Woran liegt das?
Bin ich ein Feind?
Bin ich wieder ein Feind?
Bedrohe ich jemanden?
Nein. Nein.
Das ist es wohl nicht.
Schau uns an.
Sehen so Feinde aus?
Nein.

Es ist wohl nur Gleichgültigkeit.
Gleichgültigkeit.
Das schlimmste aller Gefühle.
Nein, kein Gefühl.
Der absolute Mangel an Gefühl.
Gefühlskälte.
Kälte.
Tausendmal kälter
als die klirrende Kälte Sibiriens.
Kommt hinzu:

Der Gleichgültige sieht im Aufbegehren
eine Belästigung.

Darum beherrsche ich mich hier
mit aller Gewalt.
Es gelingt mir nicht immer.
Du kennst mich ja.
Ich bin ein Choleriker.

Du ja auch.
Das hast du von mir.
Du brüllst auch gleich.
Du brüllst deine Kinder an
wie ich dich angebrüllt hab.
Das war mir manchmal wirklich peinlich,
wenn ich es hörte, in meinem Zimmer.
Du brüllst wie ich.
Genau wie ich.
Das ist peinlich,
wenn man sei eigenes Echo hört,
nach so vielen Jahren.

Einmal,
du warst vier Jahre alt,
da hab ich dich so angebrüllt,
daß du vor Schreck fast umgefallen bist.
Und du hast zu weinen begonnen.
Da hast du mir leid getan.
Und ich hab gesagt:
Es ist schon wieder gut, hör auf zu weinen.
Aber du hast nicht aufgehört.
Und ich hab gesagt, schon wieder etwas lauter:
Hör auf, es ist gut, es ist in Ordnung!

Du hast meinen Ton gemerkt
und hast das Weinen unterdrücken wollen,
aber es ist dir nicht gelungen.
Und du wolltest hinausgehen.
Aber ich hab mich dir in den Weg gestellt:
Hör auf, jetzt!
Ich kann nicht aufhören!
Ich will es ja, aber ich kann nicht, Papa,
hast du gesagt, unter Tränen.
Und da hab ich plötzlich wieder losgebrüllt:
Hör auf!
Und du hast aufgehört.
Aufgehört zu weinen.
Aber da war plötzlich
so ein merkwürdiger Schluchzer,
ein ständig wiederkehrender Schluchzer,
wie ein zwanghafter Schluckauf.
Ich hab dich angeschaut
und war plötzlich ganz erschrocken;
ich hab gesehen,
du bemühst dich krampfhaft,
dieses immer wiederkehrende Schluchzen
zu unterdrücken,
um mich nicht noch mehr zu reizen;
aber es gelang dir nicht,
du hast in deiner Anstrengung begonnen,
nach Luft zu schnappen,
wie bei einem Asthmaanfall,
und ich hab plötzlich
einen unglaublichen Schmerz verspürt
in meinem Herzen,
und endlich hab ich dich hochgehoben,
hab dich auf den Arm genommen,

hab dich an mich gedrückt
und bin mit dir in der Wohnung herumgegangen
und hinaus auf den Balkon
und hab dir gut zugeredet,
ganz sanft und leise,
so leise wie noch nie in meinem Leben:
Ist schon wieder gut, ist schon wieder gut!
Es tut mir leid, es tut mir so leid!
Verzeih mir, bitte!
Und endlich, endlich, nach einer Ewigkeit
hat dein Schluchzen aufgehört.
Das war das einzige Mal,
daß ich zu dir gesagt habe:
Verzeih mir, bitte!
Ich hab dich noch oft angebrüllt.

Ich mach mir keine Vorwürfe.
Aber es tut mir heute noch weh,
wenn ich daran denke.

Nein, geschlagen hab ich dich nicht.
Aber diese Brüllerei war auch zu nichts gut.

Du mußt mich jetzt nicht trösten.
Ich hab ja dich angebrüllt,
nicht du mich.

Ja, widerspenstig warst du schon.
Kannst du dich erinnern,
wie du dich geweigerst hast
zu studieren?
Ich will ein Opfer bringen
und dich noch ein paar Jahre durchfüttern,

ich will dir ermöglichen,
was mir nicht möglich war,
und was machst du?
Du lehnst einfach ab.
Was folgte, war meine letzte Brüllorgie.
Das hat dich aber nicht mehr beeindruckt.

Ich weiß, daß es dir heute leid tut.
Nicht zu ändern.
Mich hätte man nicht anbrüllen müssen.
Ich hätte gern studiert.
Es war nicht möglich.
So bin ich Beamter geworden.
Ein kleiner Beamter.
Aber ich hab gelernt.
Ich habe Kurse besucht.
Hab mich fortgebildet.
Es ging mir nicht um das Geld.
Es ging mir darum,
nicht einen Dümmeren über mir zu haben.
Aber vielleicht ist das dumm.

Am Ende meiner Dienstzeit
wurde ich Abteilungsleiter.
Als ich am Morgen nach der Ernennung
ins Büro kam,
in mein neues Büro,
an meinen neuen Schreibtisch,
allein ein Büro,
das mußt du dir vorstellen,
ganz allein ein Büro,
ich war immer schon ein Einzelgänger,
du weißt es;

sehr früh kam ich schon,
ich wollte es genießen,
ich war ganz aufgeregt.
Und ich mache die Tür auf,
mein Namensschild war schon dran,
ein wunderbares Gefühl,
ein wunderbares Gefühl,
das Namensschild anzuschauen,
die Tür aufzumachen,
hineinzugehen in mein Büro.
Aber da sitzt schon einer.
Da sitzt schon einer an meinem Schreibtisch,
und er schläft,
kommt mir vor,
jedenfalls liegt sein Kopf
auf der Schreibtischunterlage.
Und ich geh hin,
ganz verwundert,
was der da macht,
in meinem Büro,
in meinem Abteilungsleiterbüro,
und ich sehe,
daß um seinen Kopf herum ein See von Blut ist,
die ganze Schreibtischunterlage
bis an den Rand,
genau bis an den Rand
und nicht darüber hinaus,
übergossen mit Blut;
in der Schläfe
hat er ein kleines, schwarzes Loch,
die Blutspur über seine Wange
ist schon eingetrocknet,
das Ohr ist wie Wachs so gelb,

sein rechter Arm liegt auf dem Schreibtisch,
halb angewinkelt,
berührt aber die Unterlage nicht,
wo sich dieser stille,
schwarzrote, glänzende See befindet;
in der halboffenen Hand die Pistole.
Mein lieber Freund und Kollege Reiter,
der mir am Vortag noch gratuliert hat,
und mit mir angestoßen hat
und mir alles Gute gewünscht hat
zu meiner Beförderung.
Setzt sich an meinen Schreibtisch
und schießt sich tot.
Und beim Begräbnis
kommt seine Frau auf mich zu und sagt:
Würden Sie bitte gehen?
Und ich bin fassungslos und gehe weg,
um Aufsehen zu vermeiden,
denn sie war sehr aufgeregt
und die Kollegen haben hergeschaut.
Er wär es auch gern geworden.
Er wär auch gern
so ein kleiner Abteilungsleiter geworden.
Ich hab ihn gemocht.
Ehrlich, glaub mir.
Man bezahlt für alles.
Ja.

Was?

Nein, du brauchst nicht mit dem Chefarzt reden.
Wozu denn?
Würde ja doch nichts nützen!

Ich wehr mich schon, siehst du ja.
Ich darf querbett sitzen.
Und wenn die Schwestern nicht zuschauen,
trainiere ich,
probier ich zu gehen.

(Rutscht vom Bett, macht vorsichtig ein paar Schritte, sich dabei am Bett festhaltend.)

Nicht helfen!
Ich muß es allein schaffen!
Ich hatte Krücken.
Und so ein Gehgerüst.
Haben sie mir alles weggenommen.
Es gibt auch für mich
keine Vergünstigungen mehr.
Weil es kein Geld mehr gibt.
Weil ich niemanden mehr bestechen kann.
Weil ich das Sparbuch euch gegeben habe.

Nein, bitte red nicht mit dem Chefarzt.
Sonst unterstellen sie mir Querulanz.
Die Schwestern würden sich bitter rächen.
Da muß schon ein Höherer kommen.
Wie geht's meinem Hund?

Fein! Fein!

Du warst am Flußufer mit ihm?
Wunderbar! Wunderbar!
Wird er herumgetollt sein, was?
Wird er sich gewälzt haben, was?
Kann ich mir vorstellen!
Wunderbar!

Fällt dir auf, wie klein ich bin?
Ich war doch einmal relativ groß, nicht?
Kein Riese, nein, das nicht.
Aber doch relativ groß.
Du ja auch.
Du bist auch relativ groß.
Ich schrumpfe.
Ich schrumpfe!

Doch, ich schrumpfe!
Das Skelett schrumpft,
der Körper schrumpft,
auch der Schädel schrumpft!
Ich bekomm einen Schrumpfschädel!

(Steht mit dem Rücken zum Fußende des Bettes, greift zurück, hält sich mit den Händen am Gestänge fest, beginnt zu singen:)

Hab amal an Dackel g'habt,
des Viecherl war marod,
kommt der Tierarzt, sagt,
der Dackel ist ja schon seit gestern tot.
Wollt ka Milch, ka Wasser saufen,
ging deswegen ein,
denk ich mir, was kann's ihm schaden,
gibst ihm halt a Schluckerl Wein.
Da hat er sich auf d' Hinterhaxen g'stellt
und hat g'sungen, nein, Pardon, gebellt:
Wissen S' was, des is a Wein,
mit dem bin ich per Du,
ich schenk ihn ein,
und er, er lacht mir zu.
Er hört mir zu in Kummer und Verdruß,

er is a Freund von mir,
hat g'lacht und g'weint mit mir,
des is a Wein,
zu dem man Sie sagen muaß,
hat er 'bellt, hat er 'bellt.

(Nimmt die Hände vom Gestänge.)

Wenn ich singe,
löst sich die Schrumpfung etwas.
Ich meine, genauer ausgedrückt,
der Schrumpfung wird Einhalt geboten.
Weil sich die Brust wölbt
und der Körper streckt.

(Singt:)

Des is a Wein,
mit dem bin ich per Du,
ich schenk ihn ein,
und er, er lacht mir zu.

Hast du gesehen,
wie sich die Brust gewölbt hat?

*(Setzt sich wieder auf das Bett,
läßt die Füße baumeln.)*

Ich muß nur vorsichtig sein.
Eine von den Schwestern hat mir schon
eine nasse Windel um die Ohren geschlagen.
Und hat mir gedroht, sie knebelt mich.
Du alter Brunzer,
hat sie gesagt,
hör auf herumzugrölen!

Sie geben uns schwere Beruhigungsmittel,
weißt du.
Damit sie ihre Ruhe haben.
Schau sie dir an, die anderen.
Liegen in ihren Betten wie tote Fliegen.
Ich schluck das Zeug nicht!
Ich spuck es heimlich wieder aus!

Einmal, da war im ganzen Haus die Scheißerei.
Da haben sie reine Opiumtinktur ausgeteilt!
Hat natürlich jeder gern genommen!
Das machen sie immer so,
weil da hört die Scheißerei augenblicklich auf.
Solange man selber auf's Klo gehen kann,
ist man noch nicht erledigt.

Leider verirre ich mich manchmal.
Ich finde die Klotür nicht,
und zurück find ich auch nicht mehr,
weil alles gleich ausschaut.
Die Zimmer, die Türen, die Gänge,
alles schaut gleich aus!
Wie soll man sich da zurechtfinden,
frag ich dich!
Daheim, da hab ich mich zurechtgefunden.
Da schon.
Im Gang steht so ein Grünzeug,
so ein verschrumpeltes,
ich hab das ja nie mögen!
Was brauch ich dieses verschrumpelte Grünzeug?
Ich will am Flußufer spazierengehen!
Da hab ich genug Grünzeug!
Ich brauch das am Gang nicht!

Und schau dir dieses Bett an!
Das ist ja viel zu hoch!
Das ist ja ein Hochstand!
Da braucht man ja eine Leiter!
Die glauben wohl,
ich bin ein pensionierter Jagdaufseher!

Opa, brav aufessen, sonst gibt es kein Kompott!
Was brauch ich ein Kompott?
Das Essen ist ein Fraß!
Nicht einmal meinem Hund
würde ich so einen Fraß vorsetzen!
Lauwarmes, zerkochtes Zeug!
Undefinierbar!
Ohne Geschmack!
Altersdiät!
Altersdiät nennen sie das!
Ich brauch was Fettes!
Mein Lebtag hab ich fett gegessen!
Und nie hat mir was gefehlt!
Nie war ich krank!
Opa, brav aufessen, sonst gibt es kein Kompott!
Was brauch ich ein Kompott?
Abendessen siebzehn Uhr, Bettruhe zwanzig Uhr!
Kannst du dir das vorstellen?
Ich bin ein Nachtvogel!
Weißt du doch!
Wenn man was braucht, keine Chance!
Sie stellen die Klingeln ab, in der Nacht!
Die Bettklingeln.
Nicht bei allen.
Aber bei den Lästigen.
Ich gehör auch zu den Lästigen.

Was?
Du willst schon gehen?
Jetzt bleib halt noch!
Fünf Minuten!
Das kann ich wohl verlangen!
Entschuldige, ich werd schon wieder heftig!
Ich bin etwas verbittert, weißt du.
Aber ich beiß mich schon durch.

Schau, ich hab noch meine Zähne!
Allen anderen haben sie die Zähne weggenommen.
Müßten sie sonst ja putzen.
Mehrarbeit.
Überstunden.
Stell dir das vor:
sechzig Gebisse putzen!
Nein, mal zwei, oben und unten.
Hundertzwanzig Gebisse putzen!
Das geht nicht, das ist einzusehen.
Aber ich hab mein's noch, siehst du?
Eine positive Nachwirkung meiner Bestechungen.
Aber wielange noch?
Ich hab kein Geld mehr!
Das habt ihr jetzt!

Der da drüben,
der macht den Mund nicht mehr auf.
Sagt kein Wort.
Wollte sogar zum Füttern
den Mund nur einen kleinen Spalt öffnen.
Hat sie ihm mit dem Löffel eine gegeben.
Ohne Erfolg.
Noch ein paar!

Nichts zu machen!
Er schämt sich so.
Er schämt sich auch,
wenn sie ihn waschen
und ihm die Windel anlegen.

Das ist bei mir nicht so.
Bei mir ist es das Gegenteil.
Ich kenn da keinen Genierer.
Dir kann ich es ja erzählen,
du bist ja ein Mann.
Ich geh ja noch selber auf's Klo,
ich scheiß doch nicht in eine Windel!
Aber das wöchentliche Bad ...

(Singt:)

Schenk mir doch ein kleines bißchen Liebe,
Liebe,
sei ein bißchen nett zu mir!
Kennst du nicht die heimlich-süßen Triebe,
Triebe,
wie mein Herz verlangt nach dir?

Ein paar Geldscheine,
und du kommst dir vor
wie in einem thailändischen Massagesalon!
Auch ihren Busen hat sie mir gezeigt!
Für etwas mehr hab ich ihn
sogar angreifen dürfen!
Ist jetzt leider auch vorbei!
Ich hätt euch das Sparbuch nicht geben sollen!
Ich Idiot!
Was hab ich davon?

Ihr holt mich ja doch nicht zurück!
Wehe, ihr behandelt meinen Hund nicht gut!

Nie wär ich auf die Idee gekommen,
das Wort ‚Faß!' zu benützen.
Nie.
Mein Hund kennt das Wort ‚Faß!'
überhaupt nicht!
Aber jetzt bin ich soweit!
Jetzt bin ich soweit, daß ich es sagen würde:
Faß!
Faß sie, die weißen Kittel!
Jetzt hab ich an den Bundespräsidenten
geschrieben.

Ja! Ja!
An den Bundespräsidenten
hab ich geschrieben!
Ein Mann von der Gebäudereinigung
hat den Brief hinausgeschmuggelt!
Ein Ausländer.
Hat sofort verstanden,
wie dringlich die Sache ist!

Alles!
Alles hab ich geschrieben!
Über die Zustände hier!
Ich war Beamter!
Eine Autorität!
Und hier behandelt man mich
wie ein störrisches Kind!
Das laß ich mir nicht gefallen!
Sie sind auch ein alter Mann,

hab ich geschrieben,
Sie verstehen das sicher!
Mehr Respekt vor dem Alter, bitte!
Die Heiminsassen werden
vernachlässigt,
narkotisiert,
verspottet
und geschlagen!
An's Bett geschnallt!
In's Gitterbett gesperrt!
Der Menschenwürde beraubt!
Akuter Personalmangel!
Daraus resultierend mangelnde Pflege!
Wir bekommen alle die Pest!
Eine Wolke von Gestank über dem ganzen Heim!
Pestgestank!
Leichengestank!
Gruftgestank!
Kommen Sie her
und überzeugen Sie sich selbst,
Herr Bundespräsident!
Das ist ein SOS-Ruf!

Nein, ich mach keine Witze!
Glaubst du, mir ist nach Witzen zumute?
Genau das hab ich ihm geschrieben!

Du gehst schon?
Kommst du wieder?
Du hast mir ja gar nichts erzählt!
Das nächste Mal mußt du mir was erzählen!

Er war immer schon ein schweigsamer Mensch!
Da ist er meiner Frau nachgeraten.
Ich muß mich ausdrücken.
Sonst krepier ich!

4

(Der alte Mann sitzt im Gitterbett. Nachthemd.)

Da drüben ist sein Bett.
An der Wand.
Den lassen sie noch aufstehen!
Sitzt wahrscheinlich in der Kapelle
und betet!
Er ist ein alter Nazi, weißt du.
Einer, der immer Dümmere
über sich akzeptiert hat.
Im Gegensatz zu mir.
Dauernd hat er mich
mit seinen Vormarschgeschichten belästigt!
Mit seinen Blitzkrieggeschichten!
Mit seinen Kameradschaftsgeschichten!
Jetzt plagt ihn auf einmal sein Gewissen.
Auf einmal plagt ihn sein Gewissen!
Weil er Angst hat,
es gibt vielleicht doch ein Jenseits.
Einen Tag des Gerichts!
Einen Himmel und eine Hölle!
Jeden Tag geht er in die Anstaltsmesse!
Und weißt du, was er dort macht?
Er ministriert!
Er ministriert!
In so einem rotweißen Weiberkittel!
Dabei schüttet er dauernd den Messwein aus,
weil er so zittert!
Dieses alte Habtacht-Arschloch!

In der Nacht schreit er auf.
Den ganzen Tag redet er von Befehlsnotstand.
Aber den mach ich fertig!

Befehlsnotstand!
Daß ich nicht lache!
Bin ich gestanden,
das blutige Hirn an meiner linken Hand!
Ein Kamerad!
Ich hatt' einen Kameraden!
Von den Partisanen weggeputzt!
Die anderen, ja, die hätten
die nächsten zehn Häuser angezündet
und die Leute erschossen,
die Zivilisten!
Aber ich nicht!
Was haben wir denn dort verloren?
In einem fremden Land!
Wißt ihr was,
hab ich gesagt,
alles, was ich will,
ist ein schöner Sarg und ein Kranz!
Sie sind losgerannt!
Nein, nein, Befehlsnotstand gibt's nicht!
Ich lebe heute noch!

Jetzt hab ich ihm von der Euthanasie erzählt!
Ich hab ihm eingeredet,
die kommt jetzt wieder!
Auch für die Alten!
Jetzt hat er Angst!
Jetzt scheißt er sich in die Hosen!
Wenn er eine Spritze sieht,

fängt er an zu schreien!
Heult Rotz und Wasser!

Wieso nicht?
Wieso darf man das nicht tun?
Er war ja selber für die Euthanasie!
Als junger Mensch!
Als fescher Soldat!
Mit dem Totenkopf auf der Mütze!
Wer nicht arbeitet, hat kein Recht zum Leben!
Da muß man schon konsequent sein!

Ach was, die Nazis haben uns auch
Angst gemacht!
Und nicht nur das!
So, jetzt kannst du dich scheiden lassen,
hat meine Agnes gesagt, damals!
Wegen des Ahnennachweises, nicht?
Spinnst du,
hab ich gesagt,
scheiden lassen werd ich mich,
wegen der Hakenkreuzler!
Sonst noch was!

Am Tag seines Besuches sind wir
unten am Rennweg vorbeigegangen.
Massen!
Menschenmassen!
Von überall hergekarrt!
Geschrien wie die Wahnsinnigen!
Heil!
Heil unserem Führer!
Führer haben wir selbst genug,

hab ich gesagt zu meinem Spezi,
weil der war Bergführer, verstehst du?
Hat er gelacht!

Meine Agnes hat auch gelacht.
Sie hat so schön lachen können.
Wir mochten uns schon als Kinder.
Sie wußte einen Weg durch die ganze Stadt,
ohne den Boden zu berühren.
Über Mauern und Zäune und Gesimse
durch die ganze Stadt,
ohne den Boden zu berühren.
Das geht heute nicht mehr.

Herr Aigner,
haben sie gesagt,
ab null Uhr sind Sie Soldat!
Gut! Gut!
Und was ist mit Ihrer Frau?
Die hat immer noch keinen Ahnennachweis!
Bitte, meine Herrn,
hab ich gesagt,
die ist ein lediges Kind,
irgendwo aus dem Mährischen,
da spielt sich nichts mehr ab
mit einem Ahnennachweis!
Und ich sag euch jetzt etwas:
Wenn ihr meine Frau nicht in Ruhe laßt,
dann kann sich die Dings,
die Wehrmacht
oder wer da für den Krieg zuständig ist,
dann könnt ihr euch den Krieg selber führen,
aber ohne mich, verstehen wir uns?

Natürlich, ich geb's zu, anfällig war ich schon.
Keine Arbeit und nichts.
Und ich war ja auch immer für Ordnung.
Für Autorität.
Bis heute.
Aber ich wollte keinen Dümmeren über mir haben!
Verstehst du?

Und: sie haben schon damals
mit der Altenvernichtung begonnen!
Das war eine Revolution der Jugend,
vergiß das nicht!
Nieder mit den Alten!
Ich war ja selber jung.
Ich war ja selber gegen den alten Zopf.
Aber ich habe meinen Vater geliebt!
Und verehrt!
Ich wollte nicht schreien:
Nieder mit den Alten!
Die Autorität aus dem Knüppel,
die Autorität aus dem Gewehrlauf,
das war nichts für mich!

Der deutsche Mensch!
Was interessiert mich der deutsche Mensch?
Mensch ist Mensch!
Der jüdische Schneider,
der uns immer das Geld gestundet hat,
warum sollte er plötzlich ein Schurke sein?
Meine geliebte Agnes,
warum sollte sie plötzlich weniger wert sein,
ohne Ahnennachweis?
Daß ich für diese Schweine

in den Krieg gezogen bin,
tut mir heute noch leid!
Und jetzt sitz ich im Gitterbett!
Die Altenvernichtung wird fortgesetzt!

Ach, ich bin selber schuld?
Sag einmal, wie redest du denn?
Siehst du nicht, was sie machen mit mir?
Ich bin eingesperrt!
Ich sitze im Käfig!

Was heißt, randaliert?
Hat dich die Oberschwester
schon präpariert, was?

Ich hab mich aufgeregt, natürlich!
Ich kann nicht mehr gehen.
Ich hab um die Leibschüssel verlangt.
Keine Zeit, keine Zeit,
beherrsch dich gefälligst!
Wenn ich muß, muß ich!
Also hab ich in's Bett gemacht.
Und sie haben mich stundenlang
in meinem Dreck verkommen lassen!
Bist du schon angeschissen,
dann scheiß weiter!
Hab ich sie natürlich beschimpft,
hab Ihnen mit dem Chefarzt gedroht,
hab ihnen den Brief an den Bundespräsidenten
unter die Nase gerieben!
Was war die Folge?
Sie spritzten mich nieder
und sperrten mich in diesen Käfig!

Wie ein Tier.
Wie ein wildes Tier!
Am Ende meines Lebens werde ich eingesperrt
wie ein wildes Tier!

(Kniet sich auf, rüttelt am Gitter.)

Laßt mich raus!
Laßt mich raus!

(Sinkt zurück.)

Ich hab's satt.
Ich hab's wirklich satt!
Dieser alte Nazidepp hat Angst vor dem Tod!
Ich nicht.
Ich nicht!
Weißt du, was ich mir wünsche?
Hilfe.
Hilfe!
Wenigstens die letzte!
Sterbehilfe!
Sterbehilfe!

Wie soll ich denn sonst reden?
Ich hab die Nase voll, verstehst du?
Wenn ihr da draußen nichts unternehmt,
gegen diese Zustände,
was bleibt einem da noch?
Der Abgang!
Ein halbwegs würdevoller Abgang!

Ich bin ein Mensch!
Bitte, das zu beachten!
Kein Tier läßt man so krepieren!

Kein Tier!
Ich bin ohnehin schon zu lange hier.
Weil ich so ein sturer Hund bin.
War ich ja immer schon!
Die anderen,
die geben nach ein paar Wochen auf.
Treten ab.
Herzstillstand!
Lauter Herzstillstände!
Sie wollen nicht mehr.
Sie haben nichts zu tun.
Sie haben nur dazuliegen
und auf den Tod zu warten.
Und dannn kommt er.
Wieder einer weniger
für die Pensionsversicherungsanstalt.
Was für eine Freude
für das gesamte Gemeinwohl!

Heute zwei innerhalb einer Stunde!
Die Burschen von der Bestattung
gut gelaunt mit dem Blechsarg herein,
beide nackt aufeinander hineingeschmissen,
schwer sind sie ja nicht,
diese ausgemergelten Männchen,
und nocheinmal gehen um einen zweiten Sarg,
das ist zu lästig,
und wieder ab durch die Mitte!
Das ist eine Totenfabrik,
Frau Schwiegertochter!
Eine Totenfabrik!

Warum weinst du?

Du brauchst nicht weinen!
Hör auf, ich mag das nicht!
Sonst bekomm ich Mitleid mit dir!
Und das wär doch nicht fair, oder?
Du mußt ja nicht sterben!
Noch nicht!
Aber vielleicht landest du auch einmal hier.
Dann kannst du weinen!

Ich erzähl dir einen Witz.
Den erzählt man sich hier.
Der Kasperl tritt im Heim auf.
Er lugt durch den Vorhang und schreit:
Seid ihr alle da?
Ja,
rufen die Insassen.
Aber nicht mehr lange,
antwortet der Kasperl.

5

(Der alte Mann liegt zugedeckt im Bett. Nachthemd.)

Es ist mir eine große Ehre,
Herr Bundespräsident!
Das ist die Gattin?
Ja, ja, ich erkenne Sie!
Küß die Hand, gnädige Frau!
Ihre Frisur ist wieder einmal einmalig,
sehr erfreut!
Nehmen Sie bitte Platz!
Die Herren in Ihrer Begleitung
mögen die Pistolen abschnallen,
ich bin unbewaffnet!

Was ist das?
Eine Kiste Zigarren?
Sehr aufmerksam,
wirklich sehr aufmerksam,
ich bedanke mich höflichst!

Nein, danke, im Moment nicht.
Die Ruhr geht um.
Die Ruhr.
Wenn man die Ruhr hat,
sind Zigarren nicht zuträglich.
Ich bin ohnehin kein Zigarrenraucher.
Im Grunde meines Herzens.
Ich war ja nie sehr groß.
Und jetzt bin ich noch dazu geschrumpft.

Eingeschrumpft.
Ein kleiner Mann.
Ein kleiner Mann mit einer dicken Zigarre,
das wirkt immer etwas lächerlich,
finden Sie nicht auch?

Wenn Sie nichts dagegen haben,
werde ich mit diesen
schönen, dicken, gutriechenden Zigarren
die Lagerwache bestechen.
Sie müssen wissen,
man überlebt hier nur durch Bestechung.
Sie mußten nicht
die Lagerwache bestechen, oder?
Hatten Sie Schwierigkeiten
mit der Lagerwache?
Hat man versucht,
auf Sie zu schießen?
Das will ich nicht annehmen.
Man schießt nicht auf einen Bundespräsidenten.
Schon gar nicht auf seine reizende Gattin.
Ich nehme an,
Sie haben Ihre diplomatischen Beziehungen
spielen lassen.
Diplomatie ist alles.
Man überlebt nur durch Diplomatie.
Durch Diplomatie und Bestechung.
Ihnen brauche ich das ja nicht zu sagen,
Sie wissen das besser als ich.

Es ist überall so.
Aber hier besonders.
Hier im Lager besonders.

An Flucht ist ja nicht zu denken.
Wohin soll man fliehen?
Es gibt nur die Steppe.
Die endlose Steppe.
Sie schießen dich ab.
Wie einen Zobel.
Und wenn sie dich nicht erschießen,
so erfrierst du.

Der Boden taut niemals auf.
Ein sogenannter Dauerfrostboden.
Einen Meter unter der Erde liegt ewiges Eis.
Ein unendlich weiter, unterirdischer Gletscher.
Kälte von unten, Kälte von oben.
Der Atem gefriert zu Eiskristallen,
die knisternd zu Boden schweben.
Und manchmal gefrieren sogar die Wörter,
bevor sie das Ohr des Angesprochenen
erreicht haben.
In der Frühlingssonne,
wenn der Sprechende und der Angesprochene
schon lange abwesend sind,
tauen die Wörter auf
und ertönen.
Sinnlos.

Verzeihen Sie, Herr Bundespräsident,
ich will Sie nicht belehren.
Sie haben sich bestimmt schon selbst informiert
über die klimatischen Besonderheiten
dieser Weltgegend.
Ich bin Ihnen wirklich dankbar,
daß Sie diesen weiten Weg

auf sich genommen haben.
Diesen weiten, beschwerlichen Weg.
Auch Ihrer werten Gattin bin ich dankbar.
Eine weite Reise nach Sibirien, nicht?
Eine Reise in eine andere Welt.

Ist Ihre werte Gattin
auch warm genug angezogen?
Dieses Kleid,
ein sehr hübsches Kleid,
es wirkt so leicht,
so luftig,
fast frühlingshaft.
Ein angenehmer Anblick,
gnädige Frau,
ich danke Ihnen.
Meine Frau besaß einmal ein ähnliches Kleid.
Ähnlich leicht und luftig.
Wir gingen spazieren.
Mit dem Hund.
Am Flußufer.
Es roch nach Frühling.
Die Vögel zwitscherten.

Ich muß Ihnen ein Geständnis machen,
Herr Bundespräsident.
Ich glaubte schon,
Sie hätten meinen Brief nicht erhalten.
Daß er abgefangen wurde.
Hier im Lager
oder auch in Ihrem Vorzimmer,
in Ihrem Sekretariat.
Sie haben ja sicher ein Sekretariat, nicht?

Man bekommt viele Briefe als Bundespräsident,
nehme ich an.
Viele auch von Querulanten, nehme ich an.
Da wird die Entscheidung
nicht leichtfallen, nicht wahr?
Sehr erfreut, daß Sie mich nicht
unter die Querulanten eingereiht haben.
Sehr erfreut, daß Sie sich die Zeit nehmen.
Ein Bundespräsident muß ja schließlich
auch seine Zeit einteilen.
So viele Verpflichtungen.
So viele Termine.
Festspieleröffnungen.
Autobahneröffnungen.
Gebäudeeröffnungen.
Staatsempfänge.
Staatsbesuche.
So ein Landesvater hat viel zu tun.
Und jetzt kommen Sie
sogar mit Ihrer charmanten Gattin.
Sehr erfreut.
Wirklich.

Ich werde Sie gleich durch's Lager führen.
Bleiben Sie bitte dicht bei mir,
die Lagerwache könnte nämlich
auf mich schießen wollen,
zuzutrauen wäre es ihr.
Schauen Sie sich alles genau an.
Verschließen Sie Ihre Augen nicht.
Lassen Sie sich Ihre Augen nicht verschließen.
Lassen Sie sich durch den sauberen Boden
nicht täuschen.

Werfen Sie einen Blick
auf die habtachtliegenden Gefangenen.
Lüften Sie die glattgestrichenen Bettdecken.
Ihre werte Gattin soll sich währenddessen
das Taschentuch vorhalten,
nur ein guter Rat.
Riechen Sie an den ausgemergelten Leibern.
Riechen Sie das Ergebnis der Ruhr.
Riechen Sie an den schwarzgelben Geschwüren.
Ich weiß, es ist eine Zumutung,
aber deshalb sind Sie doch gekommen,
Herr Bundespräsident,
nicht wahr?
Ich habe Ihnen ja alles genau beschrieben,
Sie wußten, was Sie erwartet,
seien Sie jetzt nicht empfindlich, bitte!

Bei manchen Gefangenen
wird Ihnen übrigens auffallen,
daß sie aussehen
wie verwelkte Blumen.
Mangel an Flüssigkeit.
Sie bekommen keine Suppe, keinen Tee,
kein Kompott, kein Wasser, keine Infusion.
Und so verwelken sie,
trocknen aus.

Das ist die Sterbehilfe.
Ich dachte, es gibt keine Sterbehilfe.
Aber es gibt sie doch.
Leider nicht auf Wunsch.
Das Ausleseverfahren ist sehr willkürlich.
Schwer zu durchschauen.

Auffallend ist nur:
die Verwirrten und die Aufsässigen
verwelken am schnellsten.
Wenn man sie berührt,
raschelt die Haut.
Wie getrocknete Rosen.

Bitte besuchen Sie auch die Küche,
Herr Bundespräsident.
Riechen Sie in die Suppentöpfe.
Ihre Gattin soll davon kosten.
Ihre Gattin versteht sicher etwas
von guter Kost.
Sie muß ja wohl auch immer wieder
Gäste verköstigen.
Illustre Gäste,
wie ich annehmen darf.
Und essen Sie bitte alles auf,
gnädige Frau!
Alles!
Sonst gibt es kein Kompott!
Bitte sagen Sie nicht,
daß Sie kein Kompott brauchen!
Hier braucht jeder ein Kompott!
Ausgenommen die Todeskandidaten.

Vergessen Sie auch nicht, Herr Bundespräsident,
einen Blick in die Besenkammer zu werfen.
Dort hat sich wieder einer aufgehängt.
Meistens mißlingen solche Aktionen,
wir sind alle sehr schwach.
Dann ist der Teufel los.
Gebrüll und Geschrei.

Die pharmazeutische Keule.
Disziplinarmaßnahmen.
Das Gitterbett.

Werfen Sie auch einen Blick in die Teeküche.
Dort finden die Besäufnisse statt.
Die Wachen besaufen sich.
Ständig.
Weil sie unseren Anblick
nicht ertragen können.
Weil jeder von uns
ihren eigenen Tod verkörpert.
Sie tun mir manchmal wirklich leid.
Sie können nichts dafür.

Es ist das System.
Das Lagersystem.
Eines Tages müßte man
auf Lager verzichten können.
Auf alle Arten von Lager.
Was meinen Sie, Herr Bundespräsident?

Sie müssen sich erst ein Bild machen?
Tun Sie das!
Ich zeige Ihnen gern alles.
Ich werde Sie auch nicht beeinflussen.
Machen Sie sich ein Bild.
Ein eigenes Bild.
Sollten Ihre Beobachtungen
mit meinen Erfahrungen übereinstimmen,
so mögen die Herren in Ihrer Begleitung
das Wachpersonal und die Lagerleitung
vernehmen.

Man wird alles leugnen.
Man wird Ihnen vorjammern,
wie schwer es mit uns Gefangenen
auszuhalten ist.
Man wird uns
Ignoranz, Renitenz, Querulanz
vorwerfen.
Es ist wahr, Herr Bundespräsident,
wir sind ignorant,
wir sind renitent,
wir sind querulant!
Aber glauben Sie mir,
daran ist die Gefangenschaft schuld!
Daran ist die Behandlung hier schuld!
Auch Sie, Herr Bundespräsident,
würden hier zum Querulanten!
Auch Sie, gnädige Frau!

Abschließend bitte ich,
die Weltöffentlichkeit von den Zuständen hier
zu unterrichten.
Ihnen wird man glauben,
Herr Bundespräsident.

Leider kann ich Sie nun doch nicht begleiten.
Sie müssen allein gehen.
Ich fühle mich etwas schwach.
Aber nicht schlecht.
Ich bin bald soweit.

Meine Frau Agnes
haben Sie nicht gekannt, nein?
Schade.

Eine wunderbare Frau.
Sie hätte Ihnen gefallen.
Mein Gott, haben wir gestritten!
Das heißt, ich hab gestritten.
Sie müssen wissen, ich bin ein Choleriker.
Agnes konnte gar nicht streiten.
Man konnte mit ihr nicht streiten!
Furchtbar!
Aber wir haben uns gut gekannt.
Wir waren uns sehr vertraut.

Merkwürdig.
Es stimmt schon.
Das Kurzzeitgedächtnis läßt nach.
Aber man weiß immer mehr von früher.
Vielleicht stirbt man doch als Neugeborener.

Ob ich meine Agnes treffe?
Was meinen Sie, Herr Bundespräsident?
Und Sie, gnädige Frau?
Kann sein, kann sein nicht?
Wird wahr, was man sich wünscht?
Gott?

Ich muß Ihnen eine lustige Geschichte erzählen,
Herr Bundespräsident, verehrte, gnädige Frau!
Haben Sie soviel Zeit?
Ja?
Danke!

Als ich fünf Jahre alt war,
da wollte ich wissen,
wie es im Himmel ist,

weil man mir die wunderbarsten Dinge
erzählt hatte.
Und so drehte ich das Gas auf.
Ein Nachbar von uns hatte das getan,
darum wußte ich es.
Ich war schon weit weg, als sie mich fanden.
Aber nicht weit genug.

Ich glaube, es werden zwei lustige Geschichten.
Haben sie noch soviel Geduld?
Fein!

Wir waren zu Besuch bei einem Onkel auf dem Land.
Man warnte mich vor dem Bachmandl.
Vor dem Bachmandl in der Schlucht.
Man sagte, ich soll da nicht hingehen,
das sei gefährlich.
Es seien schon mehrere Kinder verschwunden.
Geholt vom Bachmandl.
Da nahm ich ein Speckbrot als Köder
und eine Axt zur Verteidigung,
und ich ging in diese Schlucht.
Aber das Bachmandl kam nicht.
Vielleicht hat es Angst gehabt.
Vielleicht hat es mich aber auch beobachtet
und hat mich lustig gefunden.
Vielleicht gab es kein Bachmandl.
Vielleicht gab es dort kein Bachmandl.
Vielleicht gab es überhaupt kein Bachmandl!
Was meinen Sie, Herr Bundespräsident,
und verehrte, gnädige Frau?
Sie wissen es nicht?
Ich weiß es auch nicht.

Jedenfalls hab ich gern geglaubt.
Jedenfalls war ich immer neugierig.
Diese Neugierde hab ich mir bewahrt.
Und ich hab mir bewahrt,
alles für möglich zu halten.
Das ist doch spannender,
als nichts für möglich zu halten,
oder?

Ich erscheine Ihnen ziemlich hilfslos,
nicht wahr?
Es ist nicht leicht.
Ich mache eben in die Windel,
ich hoffe, das stört Sie nicht.
Halten Sie sich einfach die Nase zu,
gnädige Frau.

Sie haben meinen Hund einschläfern lassen.
Schon vor längerer Zeit.
Ein Nachbar hat's mir erzählt.
Er war auf Besuch hier.
Sie kannten meinen Hund nicht zufällig,
Herr Bundespräsident, verehrte, gnädige Frau?
Nein?
Schade.
Mein Hund war es wert, gekannt worden zu sein.

Sie haben auch einen Hund?
Na, sehen Sie!
Der werten Gattin ihrer ist das?

Dann wissen sie ja Bescheid.

Bitte, er war sehr alt.
Er war halb blind.
Hat kaum mehr was gefressen.
Und überall die Haare!

(Singt:)

Mein Mäderl ist nur eine Verkäuferin
in einem Schuhgeschäft,
mit achtzig Franc Salär in der Woche,
doch sie gibt mir für viele Millionen Glück.
Am Sonntag, wenn wir zum Tanze gehn,
zieht sie das Kleidchen an aus weißer Seide,
das ich so liebe,
denn sie sieht drin
wie eine kleine Fürstin aus.
Die Jazzband spielt dann ganz leise
ihr Lieblingslied,
sie schmiegt sich an so weich
und legt den Kopf zurück.
Mein Mäderl ist nur eine Verkäuferin
in einem Schuhgeschäft,
mit achtzig Franc Salär in der Woche,
doch sie gibt mir für viele Millionen Glück.

Das Lieblingslied von Agnes.

Wissen Sie, Herr Bundespräsident,
verehrte, gnädige Frau,
ich hab eine Zeitlang jeden Tag gesungen,
um der Schrumpfung meines Körpers
vorzubeugen.
Aber nun muß ich wohl nachgeben.
Der Kampf ist zu Ende.

Mein Tod macht mir nichts aus,
aber mein langes Sterben hat mich betrübt.
Das Sterben auf diese Weise,
in dieser Anstalt,
in dieser Zeit.

Ich möchte Sie jetzt bitten,
mich allein zu lassen.
Agnes, komm an meine Seite,
Hund, leg dich mir zu Füßen,
nicht mehr lange,
dann werden wir zusammen
am Flußufer sein
und laufen und laufen.

Die Uraufführung von »Sibirien« fand am 6. August 1989 im Rahmen der Tiroler Volksschauspiele in der »Hohe Munde-Garage« in Telfs statt. Darsteller des alten Mannes: Siegmar Bergelt, Regie: Rudolf Ladurner, Bühnenbild: Karl-Heinz Steck, Licht: Max Keller, Kostüm: Elisabeth Rauner, Maske: Jürgen Fischer, Robert Jakob, Musik: Peter Lefor (Komposition), Joe Malinga (Saxophon), Dramaturgie und Regieassistenz: Stefanie Stümpel.

Quellen der im Text vorkommenden Lieder: »Des is a Wein, mit dem bin ich per Du« aus der Operette »Schwalbennest« von Bruno Granichstaedten. »Schenk mir doch ein kleines bißchen Liebe« aus der Operette »Frau Luna« von Paul Lincke. »Mein Mäderl ist nur eine Verkäuferin« aus dem musikalischen Lustspiel »Meine Schwester und ich« von Ralph Benatzky.